जिया-रे

उम्मीदों कि नई किरणें

पीयुषा चंद्राकर

First Published in April 2019

ISBN: 978-93-5347-338-9

BLUE ROSE PUBLISHERS

www.bluerosepublishers.com

info@bluerosepublishers.com

+91 8882 898 898

Cover Design:

Srijan Bandyopadhyay

Typographic Design:

Tanya Raj Upadhyay

Distributed by: Blue Rose, Amazon, Flipkart, Shopclues

जिया – रे

जिया – रे

जिन्दगी में चाहें कितने हि मुश्किलें क्यों ना आयें पर मुस्कुराकर हर लम्हों को जीना एक अलग ही बात है, अपने हर परेशानियों को बस अपने जीवन का हिस्सा समझकर गम में भी मुस्कुराते रहना एक जिन्दा दिली (Pure heart) की निशानी है।

आज मैं इन्हीं की एक नन्हीं ''जिया'' की (स्टोरी) कहानी आप सब को बताने जा रही है जिया कोई फिल्म स्टार या कोई बड़े राजनीतिक घराना या फिर कोई अमीर बाप की बेटी नहीं है, वो सिर्फ एक मिडिल क्लास फैमिली की एक नन्हीं सी सदस्य है। शायद तक ये स्टोरी आप सभी लोगो को पसंद ना आए पर फिर भी मैं इसे बतलाना चाहूँगी, क्योंकि हम जिस समाज (सोसायटी) में रहते हैं शायद उस समाज के लिए जिया सिर्फ एक ऐसी लड़की है। जो एक शारीरिक रूप से कमजोर लड़की है क्योंकि जिया को इस दुनिया की खूबसूरती कम दिखाई देती थी शायद यही चीज उसको Physical Handicapped बनाती थी। पर जिया के हिसाब से उसमें कोई कभी नहीं थी।

बस यही कहानी मैं आप सबके साथ बाँटना चाहती हूँ और आप सबको जिया की स्टोरी पसंद आये।

जिया बचपन से Handicapped नहीं है, जिया जब छोटी तो वो अपने परिवार के साथ घूमने बाहर गई हुई थी। गर्मियों का मौसम था, जिया जिस जगह गई हुई थी वह एक छोटा सा गाँव था, वह कोई मेडिकल सुविधा नहीं थी, जिया को अचानक से बुखार (Fever) हुआ, जिस से परिवार वाले डर गये और उसे एक छोटे से मेडिकल क्लिनिक में ले गये जहाँ जो डॉक्टर था, वो बस ऐसी ही फर्जी डॉक्टर था। जिया के परिवार वालों को कुछ पता नहीं था, वो सिर्फ अपनी नन्हीं लड़की को ठीक करना चाहते थे, तो सब जिया को उस क्लीनिक में ले गये। जिया के मम्मी–पापा भी उस वक्त जिया के साथ नहीं थे, जिया के पापा एक शिक्षक थे, तो वो उस वक्त अपने काम के कारण जिया के साथ में नहीं थे। जिया के मम्मी भी उस वक्त अपने काम के कारण जिया के साथ में नहीं थी, जिया के मम्मी भी उस वक्त जिया साथ में नहीं थी। जिया अपने दादी के साथ गाँव आई हुई थी। जिया महज 5 साल की थी, उस वक्त अपने घर की रौनक थी जिया पापा–मम्मी, की लाडली सबको जान से भी ज्यादा प्यारी थी। उस वक्त जिया की दादी डरी हुई थी, दादी ने अपने पहचान वाले से जिया को मेडिकल क्लीनिक ले जाने की बात की परिवार के कुछ लोगों ने जिया को मेडिकल क्लीनिक ले गये, जिया का बुखार कम ही नहीं हो रहा था, डॉक्टर ने जिया का चेकअप किया, और High Fever (अत्यधिक बुखार) होते हुए भी एक छोटी सी बच्ची को 2 इन्जेक्शन लगाये और High Fever के दवाईयाँ (Medicine) दिये। जो एक 5 साल की लड़की के जान बचाने का काम तो नहीं करेगा, बल्कि उन दवाईयों से जिया की तबियत ठीक होने के बजाय और भी ज्यादा खराब होने लगी, जिया की दादी घबरा गई और दूसरे दिन ही जिया को वापस अपने घर ले आई। मम्मी–पापा जिया को देखकर डर गये थे, जिया के पापा ने अपने इलाके के डॉक्टरों से इलाज कराने

लगे, डॉक्टर भी जिया को चेक करने से जब डरने लगे, दवाईयों का Body पर प्दमिबजपवद बहुत ही ज्यादा बढने लगा था, समय बितता जा रहा था, पर घर वालों ने उस वक्त अपने आस–पास इलाज करवाने की हर सम्भव कोशिश की, जिया को पापा को अपनी बेटी का ये हालत देखा नहीं जा रहा था, जिया का (Condition) तबियत दिन ब दिन बिगड़ती जा रही थी, जिया के पापा ने फिर रात को ही बाहर के हॉस्पीटल ले जाने की बात कि। पर घर में जिया को ले जाने के लिए कोई सुविधा नहीं थी। जिया का दर्द, चिलाना, रोना उसके पापा और घर वालों से बर्दाशत से बाहर हो चुकी थी जिया के पापा ने फिर उसी रात गाँव के अपने एक मित्र के सहायता लेकर ट्रेक्टर से जिया को बाहर के (City Hospital) जिला अस्पताल में ले गये। डॉक्टरों ने जिया को देखकर हॉस्पिटल में भर्ती करने से मना कर दिया, जो गाँव के डॉक्टर ने जो दवाईयाँ जिया को दिये थे, उस दवाईयों के कारण जिया की (Body) शरीर दवाईयों के कारण पूरा जल रहा था, जिया के शरीर ने पूरे तरह से दाने उभर आये थे। वो दाने जिया के शरीर से त्वचा (Skin) पूरी तरह से उखाड़ रही थी।

मानो जैसे जिया को किसी ने जलाया हो, जिया तड़प रही थी, पापा अपनी लाडली को लेकर एक जगह से दूसरी जगह रात में भटक रहे थे। अन्ततः कुछ समय बाद शहर के एक निजी अस्पताल ने जिया को अपने हॉस्पिटल में भर्ती किया, पर उसके भी हॉस्पिटल वालों ने एक शर्त (Condition) रखी कि अगर जिया के इलाज के बीच में उसको कुछ भी हुआ तो इसकी कोई भी जिम्मेदारी हमारी नहीं होगी, जिया के हालत देखकर डॉक्टरों ने भी पहले से ये सोच लिया था, कि इस बच्ची का बचना शायद ही है, क्योंकि जिया का शरीर (Body) पूरी तरह खराब हो चुकी थी, डॉक्टरों के दल ने जिया का इलाज करना शुरू किया। जिया की हालत में कोई भी सुधार नहीं आ रही थी, जिया को आईसीयु में लगभग 45 दिन तक रखा। जिया को इन

45 दिनों में भी होश नहीं आया था। घरवाले परेशान थे, पापा अपनी लाडली के इलाज के खर्चे के लिए यहाँ से वहाँ भटक रहे थे। हॉस्पिटल का फीस बढ़ता जा रहा था। डॉक्टरों ने भी पूरी तरह हार मान चूके थे, पर अन्ततः शायद तक जिया की लाईफलाइन (Life line) शायक तक छोटी नहीं थी। उसको 45 दिनों बाद होश आया, डॉक्टरों की उम्मीद जागी तो लगा कि शायद तक अब जिया के बचने की कोई उम्मीद है।

जिया जिन्दगी और मौत के बीच लड़ रही थी, मौत भी आई पर जिन्दगी ने हारी बाजी जीत ली।

पर इन दिनों में जिया के जो हालात थे वो बहुत ज्यादा दर्दों से भरी हुई थी। जिया के होश में आने पर परिवार वालों को लगा कि अब उनकी लड़की ठीक हो जाएगी, जिया बच जाएगी। आईसीयू से निकलने के बाद जिया को 45 दिन नॉर्मल वार्ड में रखा गया।

जिया ठीक तो हो गई थी पर उसके शरीर से स्किन, नाखून आदी भी अपने आप उखड़ रहे थे, ये हालात ऐसे थे मानो किसी New born baby का स्किन अपने मम्मी के पेट अन्दर विकसित होता है, उसी प्रकार जिया के पापा अपनी बेटी के लिए और उसके इलाज के लिए लोगों के सामने हाथ जोड़कर पैसे उधार माँग–माँगकर जिया का इलाज करा रहे थे, पर अपनी बेटी के इलाज में कोई कमी नहीं आने दी।

लगातार 3 महीनों तक अस्पताल में रहने के बाद जिया का डिस्चार्ज किया। जिया तब तक ठीक थी, जिया का शरीर (Body) धीरे–धीरे Recover हो रहा था। पर डॉक्टरों ने जिया के परिवार वाले को ये खास बात बताये इनको चेतावनी दी थी कि भविष्य में जिया को इस Medicine Reaction को side effect जिया के eyes में या फिर

kidney में पड़ सकता है फिर जिया को डिस्चार्ज कर दिया गया। कुछ दिनों तक जिया पूरी तरह ठीक थी, अचानक ही खेलते वक्त जिया के आँखों में चोट लगी। जिया के बायीं आखों से खून बहने लगा, घरवाले और जिया के मम्मी फिर से डर गये, जिया के पापा उस वक्त कहीं बाहर गये हुए थे। जिया की मम्मी तुरन्त जिया को आँखों के डॉक्टरों के पास ले गये। डॉक्टरों ने चेकअप के बाद बताया और हैरान हो गये की एक लड़की में बाहरी चोट से किसी के आँखों में कैसे खून बह सकता है चेकअप के बाद डॉक्टरों ने बताया कि जिया, की एक आँखों की रोशनी चली गई है। जिया की मम्मी और घरवाले रोने लगे और सोचने लगे की उनकी लाडली का भविष्य पूरी तरह से बर्बाद हो गया है। घर में मानो कोई मातम सा छाया हुआ था जिया के पापा बाहर से आये तो उन्हें भी परिवार वालों ने सबकुछ बतलाया जिया के पापा भी टुट चुके थे पर फिर भी उन्होनें अपने आर्थिक परेशानियों को अलग रखते हुए जिया के आँखों का इलाज कराने की ठानी।

जिया के पापा जिया को लेकर वो हर आँखों के डॉक्टरों वो हर अस्पताल गये जहाँ जिया के आँखों का इलाज हो सके, पर सभी डॉक्टरों ने यही बतलाया कि जिन दवाईयों का Reaction जिया के शरीर में हुआ है। उसके effect प्रभाव के कारण जिया के आँखों की नसों ने परेशानी हो रही है और जिया के आँसुओं की ग्रंथियाँ सुख रही है।

जिया के पापा टूट चुके थे, कुछ लोगों के कहने पर जिया के पापा ने उस गाँव वाले डॉक्टर पर जिसकी वजह से जिया का ऐसा हालत हुआ था। उस पर केस भी किया कानूनी दाव–पेंच भी लड़े गये, पर डॉक्टर अमीर था, जिया के केस में पैसा भरकर उसने जिया के पापा द्वारा लगाये गये सभी इल्जाम झुठा ठहरा दिया और कानूनी मामलों में भी जिया का इंसाफ नहीं मिला, जिया के पापा अब हार मान चुके थे कि वो क्या करते और कैसे करके अपने परिवार और

अपनी लाडली को इस संघर्ष भरी हुई लाईफ में जीना सिखाते।

जिया तो बच्ची थी उसको तो कुछ मालूम भी नहीं हुआ कि उसके साथ क्या हुआ है। जिया तो वहीं सोचती थी कि उसे एक आँख से नहीं बल्कि दोनों आँखों से दिखाई देता है क्योंकि जिया का दांयी आंख ठी थी। पर बात ये है कि जिया मेडिकली और समाज के सामने एक Physically handicapped साबित हो चुकी थी, पर तब जिया को इसको कोई मतलब पता नहीं था। वो तो सोचती थी कि अब वो सभी के लिए एक छोटी सी नहीं और एक बहुत ही खुबसूरत नन्हीं सी परी है। जिया के पापा ने कभी जिया के कमी का एहसास नहीं होने दिया और जिया को इन सब बातों का उस वक्त कोई फर्क भी नहीं पड़ता था।

कुछ समय निकला जुलाई 2001 में जिया स्कूल जाने लगी। सब कुछ नॉर्मल था, सभी चीजों को भूलकर जिया और जिया के परिवार वाले अपने जिन्दगी में आगे बढ़ रहे थे। पर बात तो वही थी लोग और समाज के सम्मानीय व्यक्ति और परिवार वाले सब लोगों के सामने तो जिया एक Physically handicapped साबित हो चुकी थी। तो सब जिया के परिवार लोगों पर ये जताने लगी की आपकी बेटी तो अब शारीरिक रूप से कमजोर हो चुकी है। इसकी आँख में अब दिखाई नहीं देता तो भविष्य में ये सब लोगों पर बोझ हो जाएगी और इससे कोई शादी नहीं करेगा, शुरूआत में जिया के पापा ने इन सब बातों पर ध्यान नहीं दिया। पर घर वाले इन बातों पर बात करने लगे, जिया और जिया के पापा को इन बातों से कोई फर्क नहीं पड़ता था। जिया के पापा के लिए अब भी जिया एक छोटी सी नन्हीं परी थी, पापा के साथ जिया हर वक्त इन लम्हों को जीने लगी, समय बीतता गया पर शायद जिया की लाईफ में नॉर्मल लाईफ जीने की बातें नहीं लिखी हुई थी। जिया को अब हर बातें छोटी–छोटी बातें प्रभावित (effect) करने लगी, जो स्कूल के

बच्चे और बाकि लोग कहते थे। एक मुस्कुराता हुआ हँसमुख चेहरा अब चिंतित दिखाई देने लगी। जिया के करीब जिया के सिर्फ पापा थे, पापा जिया को हर वक्त जिया से पूछने की कोशिश किया करते थे, पर जिया ने अपने पापा को कुछ नहीं बताया।

जिया के स्कूल में 26 जनवरी को एक प्ले ड्रामा का प्रतियोगिता था। जिया भी उसमें भाग (Participate) करना चाहती थी। पर जिया के आँखों में हल्का अंतर (Different) देखकर उसके ड्रामा में कोई रोल देने से मना कर दिया क्योंकि जिया एकदम Perfect नहीं लग रही थी और उसके आँखों के कारण जिया अब सुन्दर नहीं लग रही थी। तो उन्होनें जिया को ड्रामा के लीड Role देने से मना कर दिया और जिया को Reject कर दिया गया।

जिया सोचने लगी की आखिर मुझमें ऐसी कौनसी कमी है जिसके कारण मुझे मेरे सर ने प्ले से बाहर निकाल दिया। जिया को बाकी लोगों की बातें अब याद आने लगी वह सोचने लगी और सोचा की वह इन सब चीजों के बारे में पापा से बात करेगी और इन सब परेशाानियों से बाहर निकल जायेगी।

पर जब घर आई और घर आकर जिया अपने पापा को ढूढने लगी तो जिया के बुआ ने बताया कि उसके पापा हॉस्पिटल में भर्ती है, जिया के पापा के तबियत अचानक खराब हो गई थी, जिया को लगा पापा जल्दी से घर आ जाएँगे। जिस पापा के घर तो आये पर बहुत लम्बे समय के बाद जिया अपने पापा से अपने सवालों के जवाब चाहती थी पर उसके पापा के हालात दिन ब दिन बिगड़ते गये, जिया के पापा के सरकारी नौकरी भी तो उनको मेडिकल अवकाश में छुट्टियां तो मिल रही थी पर भी जिया के पापा अपने आप में चिंतित दिखाई पड़ रहे थे। जिया अपने पापा से अपने सवालों का जवाब नहीं ले पाई, पर जिया के पापा

ने एक दिन अपनी बिटिया से कहा था कि अगर जिन्दगी जीनी है तो कभी भी अपने आप को छोटा मत समझना। लाईफ में अनेक परेशानीयाँ आएगी। पर कभी इन परेशानीयों में अपने आपको खो मत देना। कभी जिन्दगी से हार नहीं मानना। जिया अपने पापा की इन बातों को समझ नहीं पायी थी, उस वक्त जिया के पापा ने एक और बात कही थी कि लाईफ में लोग तुम्हें बार–बार तुम्हें अपनी कमियों का एहसास दिलाने की कोशिश करेगे और तुम्हें खुद से नीचा दिखाने की और कमजोर दिखाने की कोशिश करेंगे और बार–बार तुम्हें ये एहसास दिलाएंगे कि तुम में कोई कमी है और तुम बाकियों की तरह नहीं हो, पर तुम कभी घबराना मत और सिर्फ अपनी दिल की सुनना।

कुछ समय गुजरने के बाद जिया के पापा घर आये तो जिया दौड़ती हुई पापा के पास आकर गले से लगी। जिया की खुशियों का कोई ठिकाना नहीं था। पर जिया के पापा उदास थे, जिया के पापा के दोनों पैर (एक्सीडेन्टली) कुछ कारण बस कट चुके थे। जिया ने अपने पापा को देखा और उनके पैरो की तरफ देखा तो वो अपने पापा से पुछने लगी कि पापा आपके साथ क्या हुआ है, उसके पापा अपनी बेटी को कुछ कह नहीं पाये।

जिया अपने मन में उठे सवालों के जवाब जान ही नहीं पाई, जिया के पापा अपने घर के परेशानीयों और अपने नौकरी को लेकर परेशान रहने लगे क्योंकि उनको मेडिकल (अवकाश) छुट्टियों की जरूरत थी और उनका नौकरी में जो पोस्टिंग था वो भी अपने पैतृक निवास से बहुत दूर था।

जिया अपने पापा को उदास और मायूस देखकर चिंतित रहने लगी थी, पर जिया अपने पापा को कुछ पूछ नहीं पाई। जिया के पापा ने बहुत ही कोशिश की कि वे अपना ट्रांसफर करवाकर अपनी शिक्षक का कार्यभार अपने ही पैतृक निवास के आस–पास करवा ले, उन्होनें कई बार अपनी शारीरिक

कमजोरी और विकलांगता को प्रदर्शित करते हुए सरकार को आवेदन पत्र लिखे और कई बार लिखते ही रहे।

पर शायद उस वक्त कोई कारण रहा होगा कि जिया के पापा का ट्रांसफर उसके पैतृक निवास स्थल में नहीं होकर कहीं और हो गया। जिया के पापा एक टीचर होते हुए भी टूट चुके थे, जिया के घर वाले भी परेश्न रहने लगे, मम्मी, दादी, पापा सभी परेशान थे।

उधर जिया अपनी Rejection की वजह को सवालों से अब भी जूझ रही थी।

कुछ दिनों के बाद किस्मत को कुछ अलग ही बातें मंजूर थी, जिया के पापा का अचानक देहांत (Death) हो गई। जिया के पापा जो अपनी बेटी को समझते थे कि कभी अपने आपको को कमजोर मत समझना, कभी अपनी कमियों के लिए खुद को छोटा ना समझना।

वो खुद एक टीचर होते हुए भी इन कमियों का सामना उस वक्त नहीं कर पाये और अंत में उनको जिन्दगी के बजाय मौत मिली।

जिया के पापा के मौत के बाद घर पूरी तरह बिखर चुका था, क्योंकि उस वक्त घर को सम्भालने वाला कोई नहीं था ना ही कोई आय का दूसरा साधन।

जिया अपने पापा को खोने के बाद पूरी तरह टूट चुकी थी वो अपने सवालों को लेकर खुद में खोने लगी हर वक्त हर जगह वो अपने सुपरमैन पापा को याद करने लगी थी जिया के लिए उसके लिए पापा सबकुछ थे, उनके जाने के बाद जिन्दगी चल रही थी, वो कहते है ना किसी के जाने के बाद लाईफ रूकती नहीं है, जिन्दगी में हर किसी को जीना पड़ता है। वक्त बीतता गया, जिया पढाई में अच्छी थी तो

स्कूल में और किसी चीज के लिए ना सही पर जिया पढ़ाई के मामलें में शिक्षकों और सहेलियों की पसन्दीदा बनी रही।

वक्त के साथ सब कुछ बदलता गया, घर वाले गमों को भुलाकर जीन सीख रहे थे, पर जिया के लिए अभी भी कुछ नहीं बदला वह अपने सवालों के जवाब अभी भी जाननी चाहती थी और अपने पापा के लिए उनका प्यार कम ही नहीं हो रहा था, फिर जिया हर वक्त अपने पापा को याद करने लगी थी, जिया अपने दोस्तों और परिवार वालों के साथ रहती तो थी, मुस्कुराती थी, हँसती थी, खेलती थी, पर उसकी नजरें अक्सर अपने पापा को ढुंढा करती थी।

वक्त बितता गया, जिया ने अपनी 10th की पढाई पूरी कर आगे के पढ़ाई के लिए एक नये शहर में आई, जगह अलग था यहाँ के लोगों का स्वभाव अलग सा था पर जिया अपनी जगह बनाना जानती थी।

पर शायद जिया डरी हुई थी कि नये जगह में लोग उसके साथ कैसे व्यवहार करेंगे और किसी तरह वह खुद को इन लोगों के बीच ढाल पायेगी। जिया अब बड़ी हो रही थी वह खुद को दूसरों से अभी तक तो अलग नहीं समझ पाई थी पर वक्त हमेशा ऐसा नहीं रहता है, बाकि लोगों को जिया की कमी अब दिखने लगी थी कि जिया बाकियों की तरह सुन्दर नहीं है, जिया के आँखों के साईज डिफ्रेन्स है कई लोग जिया का मजाक उड़ाते थे, उसे चिड़ाते थे, जिया लोगों के बीच अब खुद को अलग समझने लगी थी।

जो जिया के मन के अन्दर था कि वह सबसे सुन्दर लड़की और उसका दिल बहुत साफ है। ये सभी बातें जिया को चुभने लगी थी।

जिया का दिल तो साफ था पर वह खुद को सुन्दर समझने के लिए अब तैयार नहीं थी।

जिया की शारीरिक रूप से बाहरी सुन्दरता उसको अपने आप से सवाल करने पर मजबूर कर रही थी कि क्या वो सच में सुन्दर है कि नहीं? ये सब सवाल जिया को अपने पापा की बातों को याद करने पर मजबूर करती थी।

जिया जिस उम्र की पडाव में थी ये जो उम्र (15–17) के बीच। इस उम्र के लोग उस पडाव में रहते है जब बाहरी दुनिया की अनेक आकर्षित बातें सबको अपनी ओर आकर्षित करती है।जिया भी बाहरी बातों की ओर आकर्षित होने लगी। जिया खुद में घुटती चली जा रही थी। पर जिया एक शांत स्वभाव की शांतिप्रिय प्रकार की लड़की थी, वो जितना अपने आपको अन्दर से मजबूत समझती थी और खुद को सभी लोगों के बीच मजबूत साबित करने में लगी हुई थी। जिया सभी बातों को भूलकर सिर्फ अपनी पढ़ाई पर ध्यान देने लगी। और 12th की पढाई पूरी कर ली।

पर कहते है ना कि खुद को कितने भी हर किसी से बचाने कि कोशिश करो, पर एक दिन तुम खुद को भी नहीं बचा पाओंगे।

जिया का ध्यान अब थोड़ा बहुत भटकने लगा था, ये उम्र वो उम्र का चढ़ाव है जो हर किसी को गलती करने के पर मजबूर कर देता है। जिया अब अपने inner beauty के बजाय outer beauty की ओर ज्यादा ध्यान देने लगी।

जिया अब ये सोचने लगी कि उसको अब बाहर से सुन्दर दिखना है ताकि लड़के भी उसके दोस्त बने क्योंकि जिया ने जिस कॉलेज में आगे के लिए पढ़ाई के लिए एडमिशन ली थी और जो उसकी सहेलियाँ बनी थी सबकी बहुत सारे लड़के दोस्ते थे पर जिया किसी से बात नहीं करती थी, उसको डर लगता था कि कही लड़के उसका मजाक ना उड़ा दे।

इसलिए जिया ज्यादा गुमशुम और शांत रहती थी, कुछ लोगों से बात तो करती है, पर वे लोग भी जिया की कमियों का मजाक उड़ाते थे और अनेक प्रकार की बातें किया करते थे।

जिया कॉलेज में खुद को अब अकेली समझने लगी और क्योंकि उस कॉलेज में कोई उसकी स्कूल फ्रेंड नहीं थे, तो वो सबसे घुलने–मिलने में झिझक रही थी।

जिया को भी अब लगने लगा की उसमें कोई कमी है और वो इन बातों को किसी से कहने को कतराती थी। क्योंकि जिया ने बचपन से लेकर अब अपनी बात किसी से नहीं कहती थी। बचपन में बातें अपने पापा से तो कह देती थी पर जिया के पापा के जाने के बाद वो बिल्कुल अकेली रह गई थी। जिया कॉलेज में अपना फ्रेंड तो बनाना चाहती थी पर कॉलेज के कुछ लड़के–लड़कियों के मजाक उड़ाये जाने के कारण वो कॉलेज में दिन–प्रतिदिन अकेली पड़ती जा रही थी। जिया का मन अब कॉलेज जाने से कतराने लगी और उदास रहने लगी और कई दिनों तक कॉलेज बन्क करने लगी।

शायद उस वक्त अगर जिया अपनी बाते किसी को बताती तो वह शायद तक उसकी जिन्दगी अभी कुछ और होती। पर जिया अपनी बातें किसी को नहीं बता पाई, और अकेले घुटती रही।

जिया के लिए शायद तक से वो दौर एक अजीब सा लम्हा था, वो खुद कुछ समझ नहीं पा रही थी।

इसी दौरान जिया के लाईफ में एक अनजान लड़का आयुर से इत्फाक से मोबाईल के मैसेजेस के माध्यम से मिली । आयुर एक अजनबी इंसान था जो जिया के लाईफ में दस्तक दे रहा था। आयुर जिया के अतीत से अनजान था

और उसको जिया की बातें अच्छा लगने लगा था। जिया घण्टों कॉलेज की बातों को भूलकर आयुर से बातें करने लगती थी, जिया और आयुर दोनों एक–दूसरें की नहीं कभी नहीं देखे थे। दोनों एक–दूसरे से बिल्कुल अनजान थे। दोनों अजनबी एक–दूसरें के करीब आने लगे थे। जिया ने आयुर को अपना बेस्ट फ्रेन्ड मान लिया, उससे अपनी दिल की सारी बातें शेयर करती थी।

और जिया ये सोचने लगी कि आयुर को जिया के सच्चाई से कोई परेशानी नहीं होगी करके। और जिया निश्चिन्त होकर फिर से खुश रहने लगी। पर जिया से एक गलती हो गई जिया ने अपनी सच्चाई आयुर को नहीं बता पाई कि उसमें कोई कमी हैं करके।

और उस वक्त जिया की बेस्टफ्रेन्ड थी माया जो जिया को अपनी हर बात बताया करती थी, जिया भी उसको अच्छे से जानती थी। जिया ने माया को आयुर के बारे में बताया, और अब माया भी आयुर से बातें करने लगी।

जिया आयुर को अपना अच्छा और बहुत ही करीबी मित्र मानती थी, माया कि भी आयुर से नॉर्मली बातचीत अब होने लगी थी। माया उस वक्त अपने relationship (रिलेशनशिप) को लेकर परेशान रह रही थी। तो इसी दौरान अक्सर माया और आयुर की बातचीत अब और भी ज्यादा होने लगी थी।

जिया खुश थी कि उसके दोनों बेस्ट फ्रेंड अब अच्छे दोस्त बन गये है। जिया अब अपनी कमी और परेशानियों के बारे में आयुर को बताने ही वाली थी, ये बात उसने पहले माया को बताई कि वो अब सब कुछ आयुर को बता देगी।

पर पता नहीं अचानक माया के दिल को क्या लगा, वो इन सब बातों को आयुर को पहले से ही मिलकर बता दी।

और जिया को एक धोखेबाज लड़की आयुर के सामने साबित कर दिया।

जिया मन ही मन बहुत खुश थी कि वो आयुर से पहली बार मिलने वाली है और अपने बारे में सब कुछ बताने वाली है। पर माया ने सब कुछ आयुर को गलत तरीके से बता चुकी थी।

जिया ने जब आयुर को मिलने कहाँ तो आयुर ने मना कर दिया, जिया सोचने लगी की ऐसा क्या हुआ है कि आयुर अब ना जिया से अच्छे से बात करता है ना ठीक से व्यवहार करता है।

जिया को फिर आयुर का मैसेज आया कि तुम झुठी हो, तुमने अपने बारे में मुझसे अपनी बातें छुपाया है करके।

जिया को बुरा लगा कि ऐसा क्या हुआ कि आयुर उससे इतना रूठ गया है क्योंकि जिया को ऐसा लगता था कि फ्रेंडशिप के लिए अच्छे दिखना की जरूरत नहीं है। और वो आयुर पर पूरी तरह यकीन करने लगी थी, जिया अब पूरी तरह टूटने लगी थी,और अब जिया ने इन सब बातों को माया को बताया तो माया बिल्कुल चुप रही।

अचानक जिया ने एक दिन कॉलेज में माया को किसी लड़के के साथ देख जिया माया के पास गई और पूछने लगी ये कौन है? माया ने बताया कि ये आयुर है, जिया का reaction shocking था। जिया अब वहाँ से चली गई। जिया के मन में बहुत से सवाल उठ रह थे।

जिया ने मन में ही आयुर को सॉरी बोलते हुए अपने बारे में सब कुछ मैसेज के माध्यम से आयुर को सब कुछ बता दिया, ये जिया का आयुर का लास्ट मैसेज था। आयुर

ने मैसेज का कोई जवाब नहीं दिया, जिया अकेली पड़ रही थी।

और कुछ दिनों बाद जिया पता चला कि उसके दोनों बेस्ट फ्रेन्ड Relationship में है। जिया को इस बात की खुशी हुई की उसके दोनों बेस्ट फ्रेन्ड एक साथ तो है।

पर जिया ये सोचने लगी कि उसकी दोस्ती में ऐसी कौनसी गलती हुई कि जिस फ्रेन्ड से अपनी सारी बातें शेयर किया करती थी, उसके के लाईफ में जिया के लिए कोई जगह ही नहीं थी, जिया सोचने लगी कि शायद उसकी कमी के कारण आयुर ने दोस्ती निभाना छोड़ दिया। शायद ऐसा ही हुआ होगा।

उसके बाद फिर जिया ने कॉलेज की पढ़ाई बीच में ही छोड़ दी, जिया कुछ समय शांत और अकेले रहना चाहती थी। कुछ समय गुजरा, जिया के घर वालों ने जिया को बिना पूछे सरकारी नौकरी Goverment Job के लिए apply कर दिये। जिया ना चाहती हुये भी job में joining ले ली क्योंकि जिया खुद को व्यस्त रखना चाहती थी, पर जिया को नौकरी करने के बाद भी उसका मन शांत नहीं हुआ, जिया अपने सवालों के लिए अब भी मन ही मन भटकती रही।

आखिर उसमें ऐसे कौन सी चीज की कमी है कि लोग उसपे ज्यादा तरस या दया भावना के कारण बात करते है। ऐसी क्या कमी है कोई भी उससे दोस्ती करने से पहले सोचता है।

अगर लोगों में शारीरिक रूप से कमी होती है तो लोग उस इंसान पर तरस या दया की भावना क्यों रखते है। जिया की कमी भले छोटी सी ही थी पर फिर भी लोगों ने और उसके आस–पास के लोगों ने इतना बडा बना दिया कि मानों कि जैसे किसी को जिया की कमियों के अलावा कुछ

दिखाई ना दे रहा हो। ऑफिस में भी ऑफिस का स्टाफ जिया को बार–बार यही एहसास दिलाने की कोशिश करते रहे कि जिया कमजोर है और उससे ऑफिस का काम ठीक से नहीं हो पाएगा। लोगों का सिर्फ यही कहना रहा कि इसको सरकार ने क्यों काम दिया है।पर उन सब लोगों को जिया की मेहनत और पढाई के प्रति लगन नहीं दिखाई दिया। और उस पर किसी ना किसी तरीके से दया का भावना दिखाना था।

जिया इन सब बातों को फिर से बर्दाश्त नहीं कर पाई, उसको लगने लगा कि ये नौकरी उसको अपनी काबिलियत के दम पर नहीं मिला है। और जिया खुद को कमजोर समझने लगी और मानो उसको ऐसा लगा किसी ने उसके आत्म–सम्मान को ठेस पहुँचाया हो।

जिया घर आती थी ऑफिस से तो उसके अपने ही परिवार जिया को बोलते थे कि तु कमजोर है इसलिए तुझे नौकरी मिली है, अच्छा ही है। lower division handicapped certificate के कारण तेरी नौकरी जल्दी से लगी है पर जिया की आँखों की रोशनी उस वक्त ज्यादा कम नहीं थी, पर फिर भी किसी के कहने पर घरवालों ने प्रमाण पत्र certificate के आधार पर पर जिया को एक handicapped लड़की साबित कर दिया। तो जिया को भी अब ये लगने लगा कि उसको ये जॉब केवल इस certificate के कारण मिला है। ऊपर से घर वालों की ये सोच की अगर ये सरकारी नौकरी करती है तो इसको कोई लड़का शादी कर लेगा।

जिया को ये सब बातें अब दिल–ही–दिल चुभने लगी थी, जिया ने अपनी नौकरी छोड़ने का निश्चय किया और इस बारे में घर वालों को बताया पर घर में कोई भी उसका साथ नही दिया। ऊपर से जिया को ये सुनाने लगे कि तुम अगर नौकरी नहीं करोगे तो तुम्हें उम्र भर कौन पालेगा।

जिया एक पढ़ी–लिखी समझदार लड़की थी। ये सब बातें उसे अपने पापा को याद करके रोने के लिए मजबूर करती थी और अपने पापा की बातों को बार–बार दिमाग में दोहराया करती थी।

जिया ने अपने लिए तथा खुद को सही साबित करने के लिए नौकरी से इस्तीफा दे दिया।

जिया नौकरी छोड़ने के बाद बहुत खुश थी पर घर वाले या उसके कुछ करीबी दोस्त उसे कभी समझ नहीं पाये तथा बार–बार जिया को यही जताने की कोशिश करते है कि जिया ने नौकरी छोड़कर बहुत बड़ी गलती की है–

जिया सच में पूरी तरह उस दौरान टूट चुकी थी, जिया का खुद यही मानना है कि काश उस वक्त मेरे साथ कोई ऐसा इंसान रहता है जो कि मुझे समझ पाता और मेरी गलतियों पर मुझे वो सब गलती करने से रोक पाता। ये वक्त मानो जिया के लिए डिप्रेशन सा रहा हो जैसे।

कुछ समय बाद फैमिली डॉक्टरों की मदद से जिया की आँखों की सर्जरी के लिए जिया के मम्मी को Suggestion दिया गया।जिया की मम्मी अपनी बेटी के लिए बहुत खुश हुई और जिया को आँखों के सर्जरी के लिए जिया को बाहर किसी दूसरे बड़ी सिटी में ले जाकर करवाया गया।

जिया की आँखों के सर्जरी नवम्बर 2016 को हुई। पर कुछ कारणवश जिया की आँखों की पहली सर्जरी सफल नहीं हुई। जिया को उस वक्त लगने लगा था कि शायद उस वक्त वो अपने आँखों की रोशनी खो रही हैं क्योंकि सर्जरी के बाद जिया के आँखों में फिर से दवाईयों का Infection हो गया।

जिसके कारण जिया की जो राइट आई जिसमें पूरी तरह से दिखाई देता था उसी की भी रोशनी पूरी तरीके से कम हो गई थी।

पर अच्छी बात ये थी कि जो बांयी आँख थी उसमें रोशनी फिर से आ रही थी।

डॉक्टरों ने फिर से जिया की आँखों की दूसरी सर्जरी की।

शायद तक जिया के नसीब में अंधेरा नहीं लिखा हुआ था और जिया की ना हार मानने वाली सोच उसकी जिन्दगी में शुरूआत से ही रही है।

जिया की दूसरी सर्जरी सफल रही, पर पहली हुए infection के कारण डॉक्टरों ने कहा कि जिया की आँखों में रोशनी तो आ जायेगी पर ये सब इसकी आत्मबल और दृढ़ निश्चय पर रहेगा और ये कितनी जल्दी ठीक होना चाहेगी।

सर्जरी के बाद कुछ दिनों तक जिया का चेकअप चलता रहा और कुछ दिनों बाद डॉक्टरों ने लेंस के लिए जिया के मम्मी को कहा।

जिया के मम्मी के पास भी उस वक्त पूरे पैसे नहीं थे और जिया अच्छी तरह अपनी मम्मी एवं परिवार की हालात जानती थी तो जिया ने अपनी को लेंस लगवाने के लिए मना कर दिया।

और जिया अपने मम्मी और भाई के साथ घर वापस आ गई।

जिया के आँखें धीरे–धीरे ठीक हो रही थी। कि जिया के कॉलेज के मुख्य परीक्षा आ गई।

जिया के घरवाले चाहते थे कि वो उस वक्त परीक्षा ना देकर अगले साल दे दे।

पर जिया जिद्दी थी उसने कहा कि कुछ भी हो जाये यह अपना मुख्य परीक्षा देकर रहेगी।

पर घर वाले डर रहे थे क्योंकि परीक्षा का समय बहुत ही नजदीक था और जिया को अब आँखों से बहुत कम ही दिखाई देने लगा था।

पर जिया अपने मम्मी और परिवार वालों को ये कहती रही की वो सब कुछ सम्भाल लेगी।

जिया के घरवाले माने गये पर जिया डरी हुई थी फिर उसने हिम्मत की। कॉलेज के तरफ से (low vision) वाले छात्रों की तो परीक्षा में लिखने के एक सहायक की तो सुविधा होती है।

पर जिया ने जब फॉर्म भरा था तो उस वक्त उसको ऐसी कोई परेशानीयाँ नहीं आती थी। मतलब जिया ने अपने पहले पूरे परीक्षा स्वंय से दिये थे। क्योंकि जिया की आँखें उस वक्त ठीक थी।

पर सर्जरी के बाद जिया की पहली ऐसी परीक्षा थी जिसमें जिया डर रही थी क्योंकि सच में जिया को कम दिखाई देने लगा था। पर भी जिया डरी नहीं और परीक्षा के समय उसने हिम्मत से उसका सामना किया। जिया जब परीक्षा में अपना ओ.एम.आर. सीट भर रही थी तो कम दिखाई देने के कारण ओ.एम.आर. में गलतियां कर डाली।

जिया घबराई नहीं ओर उसके शिक्षकों ने भी उस वक्त उसका साथ दिया और जिया ने अपना 1st परीक्षा का पहला दिना अच्छे से निकाला।

समय निकलते जा रहा है जिया की दृढ़ शक्ति और उसका आत्म विश्वास हमेशा उसको अपने दर्दों के सामने डटकर खड़ा रहने को मजबूर करता रहा।

जिया को उत्तर पुस्तिका (answer sheet) में लिखने में परेशानियाँ तो आ रही थी। पर वो कहते है ना जब कोई नहीं होता तो एक अद्‌भुत (divine energy) अद्‌भुत शक्ति हम सबकी मदद करती है। वैसे ही जिया को एक energy power का अपने पास होने का एहसास होने लगा, वो अपनी तकलीफों के बावजूद अपनी सभी परीक्षाएं हिम्मत के साथ देती रही।

और divine energy अद्‌भुत शक्ति को महसूस करती रही। जिया भी अजीब है, दर्दों में डरती थी पर सबके सामने मुस्कुराती भी है।

पर जिया तब भी यही सोचती थी कि लोगों में अगर कोई कमी हो तो सब लोग उस कमी का और भी बड़ा बना कर उसे हर वक्त नीचे दिखाने की कोशिश जरूर करते हैं बात तो सही है।

अगर कोई इंसान में कमी होती है तो दूसरे व्यक्ति के लिए वे मजाक या दया पात्र बन जाता है। पर ये कभी नहीं सोचते कि कमियां तो हर इंसान में होती है पर बात ये कि कुछ दुनिया को दिख जाती है, तो कुछ लोगों की कमियां दुनिया से छिप जाती है।

जिया को शायद जिन्दगी कुछ अलग एहसास दिलवाना चाहती है, परीक्षा खत्म होने पर जिया को सुकून मिला कि उसने हार नहीं मानी। समय के साथ जिया नया लोगों से मिलती रही पर अब भी जिया नये दोस्त बनाने से कतराती है।

जिया आयुर की दोस्ती को लेकर इतनी भावुक हो गई थी कि अब वो नये दोस्त बनाने के लिए कई बार सोचती है।

जिया जितनी भी दृढ़निश्चयी हो या फिर आत्मविश्वासी बनने की कोशिश करे। पर उसके मन में सवाल तो उठता है कि क्यों लोगों के लिए वो एक सवाल है– क्यों लोग ये सोचते है कि इसकी शादी होगी या नहीं। जिया भले ही अपनी दृढनिश्चय से अपनी दोनों आँखों की रोशनी वापस ला ले। पर समाज के लिए अब वो वही लड़की रहेगी। कि इसको कुछ शारीरिक रूप से परेशानीयाँ थी, भले जिया ठीक हो जाये पर समाज के एवं कुछ लोगों के लिए जिया सिर्फ एक (handicapped) विकलांग लड़की रहेगी। जो अपने परिवार वालों के लिए हमेशा के लिए बोझ है। भले जिया ने अपने मेहनत के दम पर अपनी पढ़ाई पूरी कर ली हो। अपने सपनों को पूरा करना चाहती हो।

पर इसका जवाब समाज के लोगों के सोच के सामने कि इसने अपनी सरकारी नौकरी छोड़ी है। अपने आपको बहुत मजबूत समझती है। पर ये सब ये दिखावा करती है और उन लोगों के हिसाब से जिया अपनी लाईफ में कुछ नहीं कर सकती है।

और आज भले ही जिया की आंखो की सर्जरी में recovery की (speed) में तेजी आई हो पर अब जिया मन में लोगों के सवाल आते है वो टूट जाती है। क्या वो सच में जिया इतनी कमजोर है करके।

जिया खुद से सवाल करने लगने लगती है कि क्या सच में समाज के सामने वो अपने आपको कभी सही साबित कर पायेगी।

क्या समाज के लोग अब उसके inner beauty के साथ outer beauty को समझेगें या इसका भी अब लोग मजाक उड़ायेंगे।

हजारों सवाल आज भी जिया के मन में उठते है क्या उस जो किया वो गलत था। क्या दोस्ती सच में चेहरे से निभाये जाते है।

अगर लोगों को सिर्फ खुबसूरत चेहरे की जरूरत होती है तो लोग एक सुन्दर चेहरे के साथ–साथ एक साफ दिल की है। लड़की क्यो ढुंढते है।

शायद इन सब सवालों का जवाब जिया को मिल जाये, पर जो जिया के मन के अन्दर डर बैठा हुआ है उससे क्या कभी आजाद हो पायेगी।

पर काश ये होता कि जिया को समझने वाला कोई होता। यह समझाने वाला कोई होता हर इंसान में कुछ ना कुछ कमी होती है। पर बात तो यह है कि हर कोई अपने कमियों के साथ जीना नहीं सीख पाता है।

लोगों में अक्सर ये देखा गया है कि खुद को ऊँचा दिखाने के लिए वो अक्सर कभी अपनो को तो कभी किसी दूसरों को तकलीफ दे जाते है।

क्यों कभी हम दूसरों के बारे में नहीं सोचते है हम सब बस इतना सोचते है कि हम perfect है हमें कोई परेशानी नहीं है तो हम किसी अन्य के बारे में क्यूं सोचे। पर एक बार सोचकर जरूर देखो हमारे आस–पास या हमारे परिवार में जिया के जैसे अनेक व्यक्ति है, तो फिर हम अपने लिए ही क्यों ना सोचे।

''We are youth'' तो फिर क्यो ना हम लोगो की सोच (thinking) को बदले, क्यों ना हम जिया जैसे अनेक लोगों

के बारे में सोचे और उनकी कुछ यथा सम्भव मदद करने की कोशिश करे।

जिया को विश्वास था कि वो अपनी परेशानियों का सामना कर सकेगी और खुद से लड़कर अपने जिन्दगी को एक बेहतर सोच दे सकेगी और अपने जीवन को एक बेहतरीन तरीके से जी सकेगी।

पर जिया ने अपने जीवन में कुछ गलतियां भी की, काश वो अपने बचपन की शुरूआत में ही अपने परेशानियों किसी अपने को बता सकती थी, कम से कम उसे अपने आपको एक बेहतर बनाने का तो और मौका मिलता। पर जो हो गया उसे बदला तो नहीं जा सकता पर जो इस वक्त इस तरह के परेशानियों का जो लोग समाज में सामना कर रहे है। हम उनके लिए तो कुछ कर ही सकते है।

हर कोई जिया के तरह हिम्मत नहीं कर सकता है, कोई बोल पाता है तो कोई हमेशा के लिए चुप ही रह जाता है। -just think about- एक बार जरा सोच कर देखो। हर किसी को खुशियों की उतनी जरूरत होती है जितने हम सबको है पर बस जरूरत है बोलने की।

कि हमें हमारे जिन्दगी में क्या चाहिए और क्या नहीं। ताकि सभी लोग अपने जीवन को अच्छी तरह जी सके।

और रही बात ये कि अगर कोई व्यक्ति handicapped है तो उसके और उसके पास handicapped certificate प्रमाण पत्र है तो उसे सरकार उसके certificate के आधार पर उसको कई प्रकार नौकरी मिल जायेगा। हम सब जानते है की सभी लोगों की सरकारी नौकरी पाने की जिज्ञासा होती है तो उसे पाने के लिए हम जी तोड़ मेहनत करते है। फिर जाकर कहीं सरकारी नौकरी मिलती है। फिर समाज के लोगों में क्यूँ ये सोच (thought) बस चुकी है कि

handicapped इंसान के पास अगर P.H. certificate है तो उसे नौकरी अवश्य मिल जायेगी। पर ये नहीं सोचते अगर उनको कोई नौकरी मिलती भी है तो वो भी उनके योग्यता के अनुसार ही मिलती है। ये सबी भी नौकरी पाने के लिए उतनी ही मेहनत करते है जितनी एक नॉर्मल इंसान करते है, ये तो नहीं है ना कि बिना किसी परीक्षा को पास किये उन लोगों को नौकरी या फिर education की डिग्री मिल जाया करते है।

हम सबको पता है कि जिन लोगों को नौकरी चाहिए होती है वो लोग भी उतने ही मेहनत करते है जितने कि एक विकलांग व्यक्ति।

फिर बार–बार यही बोलकर ही हम क्यों ऐसे लोगों को तकलीफ पहुँचाते है कि इनका तो एक अलग कोटा होता है उसी के कारण इनको सरकारी नौकरी जल्दी मिल गई।

साधारण सी बात है हम ऐसे लोगों की मेहनत के बारे में पता है कि वो लोगों भी किसी भी चीज को पाने के लिए उतने ही मेहनत करते है जितने कि हम सब अपने सपने या फिर किसी अच्छी नौकरी को पाने के लिए करते है।

फिर क्यों हम लोगों की भी यह आदत बन गई है कि हम ऐसे लोगों को प्रोत्साहित करने के बजाय हम सब लोग भी उनकी कमी गिनने में लग जाते है। अगर हम किसी को Motivate नहीं कर सकते है तो कोई बात नहीं पर Demotivate करने का उन्हें हमारा कोई भी अधिकार नहीं है।

दुनिया में सब कुछ बदल रहा है। तो फिर हम सब हमारी सोच क्यूँ नहीं बदल सकते है। क्यों P.H. व्यक्तियों को अपने सपने को साकार करने में क्यों ना हम भी कुछ हद तक साथ ही दे जिया के स्टोरी से तो हमे ये पता

चलता है कि जिया अपने भावनाओं को बचपन से ही किसी के सामने नहीं रख पाती है और कुछ भी कहने से सबको डरती थी, वो अपने जीवन में क्या चाहती थी और क्या करना है इन सभी चीजों के बारे में वो अपने को भी नहीं बता पाई। नहीं तो आज शायद उसकी जिन्दगी कुछ और ही होती।

उसके अपने परिवार वाले या स्कूल टीचर के द्वारा अगर थोड़ा सा प्रयास भी अगर किया होता तो। खैर छोड़ो जो बात अब बीत गई उसको तो सुधारा नहीं जा सकता। पर जो लोगों की सोच है उन्हें तो हम थोड़ा बहुत सुधार ही सकते है।

और एक बात तो बताना ही भूल गई कि भले जिया की (life) जिन्दगी जैसे भी चल रही हो पर भले ही जिया अभी तक अपने सपनों को साकार करने के लिए जिन्दगी में संघर्ष (Struggle) कर रही है और एक दिन वो अपने सपनों को साकार भी कर ले।

पर आज किसी अपने की प्रेरणा (inspiration) बन चुकी है।

जी हाँ आप सही सोच रहे हो, जिया भी किसी की inspiration है।

जिया के लाईफ में जितने भी अप–डाउन आये हो और जब वो रोशनी के लिए लड़ रही थी।

जिया के अंकल (Uncle) आँखों के डॉक्टर थे। तो आप सोच रहे होंगे की इसमें कौन सी बड़ी बात है। अगर उनके अंकल डॉक्टर थे उन्होनें जिया के आँखों का इलाज अच्छे से क्यों नही कराया।

पक्का यही सोच रहे होंगे आप सब।

तो चल मैं बता दूँ कि जिया के आँखों का problem कुछ अलग ही था। जिसका इलाज अभी तक भी ठीक से नहीं मिल पाया।

जिया के अंकल बचपन से ही यही प्रयास करने हुए आते है कि किसी भी तरह से जिया पूरी तरह ठीक हो जाये।

जिया के डॉक्टर अंकल बचपन से लेकर आज जितने भी जिया के नेत्र विशेषज्ञ (Eye Specialist) से मिले है। जिया के अंकल ने उन सभी डॉक्टरों से बस यही सुना कि शायद तक ही जिया ठीक हो पायेगी। और भविष्य में शायद जिया पूरी तरह से अपनी आँखों की रोशनी खो दे।

पर ये सब जिया के mind power और दृढशक्ति पर निर्भर करेगा।

जिया के डॉक्टर अंकल को ये सभी बातें भी बहुत चोट पहुँचाती थी।

लाईफ भी कितनी अजीब है ना। ना जाने कब ऐसा कुछ हो जाये और हम सबको कुछ भी पता नहीं चलता।

जिया के अंकल तो भी आँखों के डॉक्टर होते हुए भी उस वक्त अपनी ही बच्ची के आँखों के इलाज ढूँढते रह गये पर कुछ नहीं हो पाया।

मानो उसके अंकल की भी जिन्दगी कुछ सिखाना चाहती थी।

वो कहते है ना अगर इंसान को जिन्दगी मिलती है तो उसका कोई ना कोई उद्देश्य होता है।

और लक्ष्य या उद्देश्य को प्राप्त करने के लिए लाईफ हमारे साथ ही आँख–मिचौली खेलती है।

और वो कहते है ना जब तकलीफ अपनो को होती है तो उसके दर्द का एहसास भी हमें सबसे ज्यादा होता है।

जिया के डॉक्टर अंकल भी जिया को अपनी प्रेरणा (inpration) मानकर एक डॉक्टर होते हुए और पूरी तरह से दृष्टिहीन (blind) लोगों के बारे में सोचते हुए।

वे जितने भी लोगों को मिलते थे। लोगों को अपने नेत्र दान करने के लिए जब कभी भी समय मिलता था प्रेरित करते थे। और बहुत से लोगों को भी eye donate करने के लिए प्रेरित भी किया।

और बहुत लोगों ने भी eye donate) नेत्रदान किया और स्वयं भी अपने आँखों को दान किए ।

और जिया के परिवार वाले भी पूरी तरीका से नेत्र दान को support किया और परिवार में भी लोगों ने नेत्र दान किये।

जिया के डॉक्टर अंकल की कोशिश अभी भी जारी है। वे लोगों को अब भी eye donate) नेत्र दान के लिए प्रेरित करते है।

पर बात तो सच्ची है ना जिन्दगी इस तरह से खेलती है। कि पता नहीं आगे क्या हो?

जिया के डॉक्टर अंकल को पता था कि blind व्यक्तियों की तकलीफें क्या होती है।

और जिया के बारे में भी बहुत से डॉक्टरों ने यही संभावना जताये थे कि भविष्य में शायद जिया भी अपने आँखों की रोशनी खो दे। ये बातें भी उनके डॉक्टर अंकल के मन में बैठ गया था।

वे हमेशा यही सोचकर डरते थे कि उनके जिया के साथ ऐसा कुछ ना हो। एक इंसान के अंदर बैठा हुआ डर उससे अक्सर कभी कुछ बुरे तो कभी–कभी बहुत अच्छे काम करा जाते है।

और जिया की आँखों की रोशनी की फिक्र उसके अपने एंव उसके अंकल के लिए लोगों को (eye donate) नेत्र दान करने के लिए कब प्रेरणा बन गया। ये पता ही नहीं चला और जिया अपने अंकल के लिए एक प्रेरणा बन गई। पर जिया भाग्यशाली थी कि ऐसा नहीं हुआ और उसकी आँखों की परेशानी का सही वक्त पे सही इलाज हुआ।

पर हर कोई भाग्यशाली नहीं होते पर उसके पास एक दूसरा मौका तो होता है। अगर संभव हो तो eye transplant का। Just think about.

जिया की (problem) परेशानी ही शायद उसके अंकल के लिए वो motivate thought रहा। जिसके कारण वो लोगों को (eye donatपवदद्ध नेत्र दान करने के लिए प्रेरित करें।

और जिया को ये बात पता ही नहीं था। जिया के आँखों के सर्जरी के बाद जब जिया के अंकल अपने दोस्तों के साथ एक पार्टी में बात कर रहे थे।

तब अचानक से जिया के डॉक्टर अंकल ने अपने दोस्तों को जिया से मिलवाया। तब उन्होनें जिया को ये कहते हुए (introduct) पहचान करवाया कि ये उनकी (inspiration

है। उनके social work) सामाजिक कार्य क्षेत्र में जिया चौंक गई। ये कैसे हुआ और सोच में पड़ गई और सोचती ही रह गई।

जिया के मन में जो घबराहट और जो डर बैठा हुआ था। वो मानों अब दूर हो चुका था, शायद जो उसके मन में सवाल थे उसके जवाब अब उसको मिल चुके थे।

वे सोचने लगी की वो तो मानों अब जिया जीना सीख चुकी हो जैसे। जिया को खुशी महसूस होने लगी की उसके परेशानियाँ जो मिले है जिन्दगी में। उसके कारण उसके परिवार वालों ने इतना अच्छा कार्य किया।

मानों अब जिया जीना सीख गई, अपनी भावनाओं को अब सबके सामने रखने लगी थी। ना तो उसे अब किसी समाज के लोगों को कहने का डर रहा और ना किसी के कुछ भी उल्टा–सीधा सोचने का भय।

जिया समझ गई थी अगर दुनिया में जिन्दगी जीना है तो सिर्फ अपनी दिल की सुनो और किसी भी चीज का बुरा मत मानो।

जिया की कहानी से तो ये पता चलता है कि उसने अपने लाईफ में अप–डाउनस देखे अपने आग से लड़ी अपने सवालों के जवाब ढूँढकर जीना सीखी।

जिया अब अपने आप में खुश रहने लगी थी, क्योंकि उसके अपने सवालों के जवाब मिल गये थे। और उतर ये था कि उसमें ऐसा कोई कमी नहीं है जिसके कारण समाज के लोग उसे छोटा दिखाये और ना हि lower division blind होना अपने आप में कोई कमी नहीं है क्योंकि जिया को अब अपने आप यकीन हो गया था कि वो पूरी तरह से mentally fit) मानसिक रूप से स्वस्थ है। क्योंकि अगर कोई

इंसान मानसिक रूप से स्वस्थ रहता है तभी वो अपनी सारी कमियों को भी खुबियों में बदल सकता है और जो व्यक्ति की inner beauty) आंतरिक सुन्दरता होती हैं उसके inner beautiful thought) एक उत्तम सोच को present) प्रदर्शित करता है।

जिया के लिए अब उसकी सारी inperfection thought और negative thought अब एक beautiful thought में बदलने लगी थी।

और सोचने लगी अगर उसकी एक कमी के कारण अगर उसके परिवार वाले इतने अच्छे कार्य कर रहे है तो ये कभी भी उसके लिए कोई कमी नहीं है।

और ये एहसास उसे पूरी तरह से बदल दिया क्योंकि उसको उन लोगों की तकलीफ का एहसास था कि आँखों की रोशनी जाने का दर्द क्या होता है और इन लम्हों में जो ऐसे लोगों के साथ बीतता है वो कोई और समझ नहीं सकता।

जिया was lucky क्योंकि जिया की आँखों की recovery अच्छे से हो रही थी।

पर ऐसे लोगों जिसको eye transplant की जरूरत है। उन्हें तो रोशनी तभी प्राप्त होगी जब लोग eye donation को support करेंगे।

और अपनी इच्छानुसार eye donation करेंगे। लोगों की एक कोशिश किसी दृष्टिहीन व्यक्ति के जीवन में रोशनी और खुशिया दोनों से भर सकते है पर बात यही है कि लोग बात करते है पर सोचते और करता कोई नहीं है।

सोचो अगर गलती से भी अगर हमसे किसी के आँखों में चोट लग जाये तो हम घबरा जाते है। अगर अचानक से हमारे पास के रोशनी भी चली जाती है तो हम लोग वहीं के

वहीं बैठे रह जाते है हमसे कोई काम तक भी अंधेरे में किया नहीं जाता।

हम सब लोग रोशनी की ओर भागते है पर जरा एक बार सोचो वे दृष्टिहीन लोग कैसे अपना रोजाना का दिनचर्या करने अंधेरे में काटते होगे।

हम सब अभी तो उनकी कोई मदद नहीं कर सकते पर after death हमारे आँखों से कोई दूसरा इंसान अगर देखता है तो हमें कितनी खुशी होगी और उनकी दुआ भी हमें मिलेगी।

जब जिया के परिवार वाले ऐसे दृष्टिहीन लोगों के बारे में सोच कर eye donation को support कर सकते है।

और जिसके कारण जिया भी जीना सीख चुकी है और इससे उसको खुशी मिलती है तो हम सब लोग भी एक बार इसके बारे में सोच सकते है।

हम सभी को हम अपने टाईम में से आधा समय से ज्यादा समय हम सब social media पर व्यतीत करते है।

हम सब को पता है अगर सोशल मिडिया में कोई छोटी से भी बात हो जाती है तो हम सब उसके बारे में बाते करते है। सोचते है और जहॉ तक हो सके comment करके हम सब अपनी इच्छा जाहिर करते है।

तो क्यूँ ना हम सब youth generation मिलकर इन माध्यमों का सही उपयोग करके इसके माध्यम से eye donation को सपोर्ट करे और जहाँ तक हो सके लोगों तक ये बात पहुँचा सके।

पर हम सबकी यही तो बुरी आदत है कि हम इन सब चीजों के बारे में सोचते तक नहीं।

हमें सोशल मिडिया में memes तो पंसद आते है और उसके जरिये थोड़ा बहुत खुशी और मुस्कान तो आ जाती है और कोई फ्रेन्ड (friend) tag करे तो उसके साथ घण्टों तक कोई भी बिना मतलब के चीजों को लेकर बहस कर सकते है। पर हम कभी भी ऐसे बातों के बारे में बात नहीं करेंगे जो कि किसी व्यक्ति के जीवन में बदलाव ला सके। अगर कोई फ्रेन्उ अगर हल्का सा भी सोशल वर्क में interest दिखाई दिया तो हम सब उसका एक बार जरूर मजाक उड़ायेंगे।

पर अगर एक बार सोच के देखे तो अगर हम सब अपनी–अपनी सोशल मिडिया के माध्यम से अगर एक बार भी कोशिश करे चाहे वो eye donation हो या किसी भी के money donation या फिर education donation किसी भी तरह की सहायता के बारे में अगर हम सब मिलकर शेयर करे, बात करे या फिर टेग करे। कोई ना कोई व्यक्ति उस पोस्ट को तो जरूर पड़ेगा और सोचेगा तो जरूर और क्या पता वो आपके कारण eye donation कर दे। तो मानो उस दृष्टिहीन व्यक्ति की तरफ से आपको कितने दुआएं मिलेंगे।

एक बार सोचकर देखो। हम सब जीते जी जो ऐसे दृष्टिहीन लोगों की तो मदद नहीं कर पाये। पर हमारी मृत्यु के पश्चात् हमारी आँखों से कोई दूसरा इंसान संसार को देख सकेगा।

मैं तो आप सबसे specially young generation और सभी लोगों से यही request करूंगी की आप सभी नेत्रदान को सपोर्ट करें।

As possible अगर हो सके तो अपने कॉलेज और कार्य क्षेत्र में भी जो टाईम हम सब फालतू के बातचीत करने में बर्बाद करते है उन सभी टाइमों का अच्छे से उपयोग कर इन सभी चीजों को support करना चाहिए।

और एक बात और हम ऐसे लोगों को हमेशा support करना चाहिए एक बात और आज भी कई जगह special बच्चों के लिए स्कूल नहीं होने के कारण उनके माता–पिता उन्हें नॉर्मल बच्चों के स्कूल में डाल देते है। ऐसे वक्त में बस शिक्षकों से यही गुजारिश करना चाहूँगी कि टीचर्स उन बच्चों पर भी उतना ही ध्यान दे जितना की एक नॉर्मल बच्चों को देते है। शायद उससे भी थोड़ा ज्यादा ध्यान दे।

क्योंकि ये वक्त ऐसा होता है जो बच्चों को उसके साथ हो रहे व्यवहार सबसे ज्यादा प्रभावित करती है। और हो सके तो उसके साथ पढ़ने वाले बच्चे हमेशा उससे मिलकर एवं खुशी के साथ रहे और उन्हें अपनी कोई कमी का एहसास ना होने दे।

और साथ ही कॉलेजो में पढ़ने वाले young generation कभी भी किसी के कमियों का मजाक ना उड़ायें ना उन्हें कभी अपने आप से अलग समझने की कोशिश करे। हमेशा उन लोगों के साथ मिलकर रहे। भले ही वो लोग physically रूप से कमजोर हो पर आपके एक सपोर्ट और प्यार, दोस्ती के कारण वे सब mentally रूप से strong होंगे।

और उन माता–पिताओं से भी जिनके special child है वे अपने बच्चों के मन स्थिति को हमेशा समझने की कोशिश करे।

हो सके तो अगर उनको कोई बात अगर बार–बार चुभ रही हो तो जानने की कोशिश एक बार नहीं बार–बार करे।

क्योंकि हर बच्चे सब कुछ नहीं बताते। पर as a ParMnt हमेशा अपने बच्चें पर जरूर ध्यान दे। खाशकर अगर वे special child है तो।

जिया के साथ भी ऐसा ही हुआ वो अपनी बातों को कभी बताई नहीं और खुद को कमजोर समझने लगी थी

जिनके कारण ही वो depression में चली गई थी और अपने आपको कम और ugly समझने लगी थी।

और उसके बाद आयुर से उसके दोस्ती का टूटना और माया से भी अब दूर जाना, जिया को अपने आप पर गुस्सा और खुद को समझ नहीं पाना। ये सब बाते जिया को deprssion में ले गया था। जिया Broke everytime in life.

अपनी तकलीफों और बातों को कभी किसी को कह नहीं पाई।

सोचो एक छोटा सा rejection कहो या फिर कुछ और जिया को कहा से कहा ले गई।

(She felt gulty) बहुत बार खुद को ही सब चीजों का गुनहगार मानती है अब भी। क्योंकि उसने जो भी निर्णय अपने आप और करियर को लेकर किया। वो उससे बेहतर कर सकती थी। पर अब जब सब कुछ बीत गया।

तो उन सब बातों को सोचना अब अच्छी बात नहीं है। She broked everytime but her heart is pure और जो जिया की positive thought उसको अपने लाईफ में सबकुछ भूलकर और उसकी सोच उसको अपनी गलती सुधारने का दूसरा मौका दिया।

और जिया ने उस मौके को खोया नहीं और अपने दूसरे मौके का अच्छा उपयोग किया। और जीवन को एक नये तरीके से जीना शुरू किया।

जिया broken होते हुए भी अपने सोच और अपने आपको पूरी तरह control कर सिर्फ और सिर्फ positive energy को ही चुनी।

अब जिया को कोई फर्क नहीं पड़ता कि लोग उसके बारे में क्या सोचते है ना ही खुद को अब वो किसी के लिए बोझ समझती है।

और जो समाज के लोगों के सोच (thought) उसको तो शायद जिया बदल नहीं पायेगी। ये तो समाज के लोगों पर निर्भर करता है कि उनकी सोच किसी भी Physical handicapped व्यक्ति के बारे में क्या है।

पर हो सके तो अब समाज और सभी लोगों से यही Request है कि जो सोच है उनको change कीजिए।

और कोई भी physically handicapped इंसान है तो वो चाहे लड़के हो या लड़कियां अपने परिवार पर बोझ नहीं होती।

जिन्दगी की संघर्ष सभी इंसानों को जीना सिखा ही देती है। हर हाल में।

और जिया के साथ भी ऐसा ही हुआ है। जबकी जिया के positive thought और inner energy उसको ही लाभ पहुँच रही है।

और वो ये तभी समझ पाई की अगर इंसान की सोच में खूबसुरती हो तो दुनिया की कोई भी कमी हो उसे उस कमी का एहसास नहीं होने देता तथा inner beauty के कारण ही दुनिया के लोगों का दिल जीता जा सकता है।

चाहे वो दोस्ती ही क्यों ना हो और लोगों का प्यार और विश्वास ही क्यों ना हो।

''जिया के टूटने के बाद ही शायद उसमें इतनी खुबसूरती आई।'' और इन्हीं उम्मीदों कि नई किरणों के साथ जिया फिर से अपने जीवन का एक नया शुरूआत कर रही हैं।

And She was started dreaming and waiting for new begining.

जिया रे (rey) ||||

उम्मीदों की नई किरणें||||

www.ingramcontent.com/pod-product-compliance
Ingram Content Group UK Ltd.
Pitfield, Milton Keynes, MK11 3LW, UK
UKHW021644190726
13853UKWH00001B/36